KB017895

오시는 봄

이기라 시조집

오시는 봄

징검다리 건너서
봄 오시기 기다린다

물오른 버들가지
호드기 꺾어 불며

저 멀리
오시나 보다
아지랑이 앞세우고.

차
례

오
시
는
봄

2부

차
례

3부

4부

1부

다시 봄

봄 여름 가을 … 썼다가
다 지워 버리고

곰곰이 생각하다
잠이 들고 꿈을 꿨다

새로이
봄이라 썼다
영춘화가 피었다.

봄날 같은

인생을 담보하고
사랑을 빛내어서

화창한 이런 봄날
청춘사업 해 보는 거

가만히
생각만 해도
봄날 같은 봄이다.

연필

살이 깎이고 뼈가 닳는 고행의 삶입니다

가도 가도 끝없이 펼쳐지는 설원의 길

몽당이
되도록 지나온
어제가 다 경전입니다.

들러리

나 하나 빠진다고 안 될 일은 아니지만

자리를 채워 주고 빛내주기 위해서

나 오늘 초대를 받고 행사에 참석한다.

중심이 되지 못하고 주변만 늘 맴도는

꽃잎은 꽃술의 들러리일 뿐이지만

한 송이 꽃의 품격은 꽃잎에게 달렸다.

발바닥에게

수고했다
오늘도 고생 참 많았다
물집 부르트는 행군은 아녔지만
쳐다볼 하늘도 없이
밑바닥만 기었구나.

땅바닥 맨바닥 바닥은 바닥끼리
서로 닿고 만나서 어울리어 사나 보다
낮은 데 낮은 데로만
물 흐르듯 가 보자.

이 몸을 지고 갈 새날이 또 밝았구나
온 길 천 리 갈 길 만 리 아스라한 굽이굽이
어딘들 꽃 피는 봄이
한 번쯤은 없겠느냐.

추(錘)

이쪽일까 저쪽일까
저쪽일까 이쪽일까

시간은 재깍재깍
쉼 없이 재촉는데

아직도 판단 못한 채
갈팡질팡
제자리.

나는 내가 세상의
중심인 줄 알았지

하루가 가는 것도
내 힘인 줄 알았지

빈 벽에 거꾸로 걸린
몸인 줄도 모르고.

거울 · 2

나는 나를 알고 싶을 때
네게로 가 묻는다

묻기 전에 나를 알고
먼저 말해 버리는 너

너 나를
오랜 뒤에도
말해 줄 수 있겠지?
- 응

코끼리 안부

코와 코가 만나서
안부를 묻는 사이

절로 만난 입술들은
첫눈에 반했것다

코끼린 안부나 나누고
입술은 사랑에 빠지고.

봄눈

삼동 내내 어디 가서 무슨 짓을 하다가

이제야 제 집 찾아 돌아온 사내같이

기죽어 오는 네 꼴을 누가 뭐라 하겠노.

자문(自問)
― 술잔

채워지면 너로 인해
비워지는 내 가슴에

잡다한 일상사를
오늘도 털어놓는

너에게
입술이나 바치는
나의 생은 무언가!

막걸리

이따금 반주(飯酒)다가
외로울 땐 친구다가

슬픔에 빠졌을 땐
손 내밀어 주다가

슬며시
취기가 돌면
흥얼흥얼 콧노래.

물의 변신

안개나 구름으로
하늘 높이 올라 보고

낮은 데로 흘러 흘러
한 바다도 이뤄 보고

이제 와
여한이 있어
어느 한숨 입김이뇨.

연(鳶)

하늘 열어 펼쳐 서면
대지가 넓어 오고

바람 맞서 간당대며
더없이 치솟는 꿈

창공도
접었다 폈다
저 손 안에 놓인다.

벚꽃 피다

쪽빛 햇살
밝은 마을
사립문 열어 놓고

이 벌
저 벌
아무 벌이나
다 맞아들이면서

가진 것
베푸는 일도
행복이라나
뭐라나.

벚꽃 지다

한 왕조 이룬 꽃대궐
부귀영화도 잠시 한때

분주히 드나들던
벌 떼도 발길 끊고

망국의
바람 앞에서
몸을 던지는 천만 궁녀.

구름의 말

-오늘은 어디로 갈 건가
그야 바람 부는 대로지

정처 없이 떠돌다 보면
산도 만나고 강도 보고

가끔씩
둥근 달 품고
자는 밤도 있는 거고.

쉼표 하나에

엄니가, 울면서 가는 딸을 배웅하고
엄니가 울면서, 가는 딸을 배웅하며

요 작은
쉼표 하나에
딸이 울고 엄니 울고

사면(赦免), 불가 즉결 처형(不可卽決處刑)
사면 불가, 즉결 처형

나는 지금 내 자리를 지키고 있는 걸까

고 작은
쉼표 하나에
목숨이 왔다 갔다.

나만의 법

생활 계획표대로 하루를 꾸리다 보니
어쩌면 이것들도 나만의 작은 법이다
처처에 널린 법망에 갇혀 사는 일 아닐까

법을 알면 법 위에 놀고 법 모르면 법의 종이다
법 없이도 살 사람이 법 안 지키곤 못 사는 세상
못 지킬 법 만들어 놓고 하루하루 죄인이다.

그릇

천사백도 가마에서 수행한 도기거나
몸을 깎아 해탈하고 옻칠 입은 목기거나
천만 번 두들겨 맞고 철이 든 방짜 유기

그냥 왔다 그냥 가도 서운할 일 하나 없고
미운 마음 고운 마음 내 이냥 비었으니
언제나 편하신 대로 머물다가 가오소.

촛불 혁명

전기 없는 산골 오막
호롱불로 살아오다

촛불로 바꿨으니
촛불 혁명 일어났다

촛불로
밤을 지샌들
달라진 건 하나 없고.

2부

깜박 10년

거기서 잠깐만
기다리라 해 놓고

깜박 잊고 지내다가
아! 참 하고 생각하니

잠깐과 아! 참 사이가
10년이나 되었다.

꽃이 피는 이유

피었다 고대 질 걸
꽃이여
왜 피는가

너는 피어 아름답고
나는 살아 고달파라

꽃이여
너 피는 이유
이제 조금 알겠네.

화해

끈은 좀 느슨해야
고가 잘 풀린다

팽팽히 맞서봤자
매듭만 굳어 갈 뿐

얽히고설킨 실타래
공멸에 든 한뭉치.

자존심 세우지 말자
마음을 닫지 말자

내가 한 발 물러서면
너도 한 발 물러서야

맺혔던 고가 열린다
응어리가 풀린다.

본질은 놔 두고

1

참새 여럿 나무에서 쫑알쫑알 시끄럽다
큰 가지 앉지 않고 잔가지만 붙잡고서
이 아침 떠들어 대는 저 속내를 모르겠다.

2

양지녘 개나리가 봄이 온 줄 착각일까
겨울의 중턱에서 노란 웃음 짓고 섰다
어쩌면 남보다 조금 틔어 보고 싶어설까.

3

여의도 개나리는 민생 법안 밀쳐 둔 채
밥풀떼기 챙기려고 아옹다옹 설전이다
저러고 민초 섬긴다니 컹컹 개가 웃는다.

백지 송사(白紙送辭)

순결은 지키는 것만이 능사가 아니다

처음이자 마지막인 단 한 번의 인연 앞에

지금껏 지켜 온 몸은 역사가 되고 만다.

태극기 오독(誤讀)

하늘[乾] 땅[坤] 물[坎] 불[離] 괘는
음양 조화 지녔지만

주변을 둘러싼
4강(四强)처럼 여겨지고

민족은
갈려서 남북
굽어 있는 휴전선.

* 태극기 : 우주와 더불어 끝없이 창조와 번영을 희구하는 한민
  족의 이상을 상징. 흰색 바탕은 '순수, 밝음, 평화(민족성)'를 나
  타냄.

고문(拷問)

불 지핀 가마솥에
콩이 무슨 죄인일까

나무 주걱 휘저으며
자백을 받아 낸다

톡 토독
톡 톡 토도독
앞다투어 실토한다.

부엌론(論)

백성을 위해서는
가마솥을 끓이고

역사를 위해서는
아랫목을 데우고

나라의 안위를 위해
아궁이를 지키리.

비밀

나만 알고 있으면 될
그런 일 손에 쥐면

왜 자꾸 공처럼만
튕겨 보고 싶은 걸까

퐁퐁퐁
치다가 보면
떼그르르
놓치고 말 일.

무더위도 이만하면

평상 위에 돗자리
서늘바람 불어오고

바라보는 하늘에는
초아흐레 배부른 달

흰구름
간간이 흐르고
밑줄 긋는 별도 하나.

대서와 말복 사이

내 잘못이라면 차라리 무릎 꿇고 말겠지만
얼굴도 모르는 네게 이토록 쩔쩔맬까
베적삼 등골뿐 아니라 이마까지 땀범벅

요 참 맹랑한 녀석 끝까지 달라붙어
부채도 선풍기도 부질없게 만들다니
결국엔 격리의 신세 냉방으로 몰다니

이도 저도 안 될 양이면 잠시 집 비우고
너를 피해 어디론가 훌훌훌 길 나선다
거북이 차량 행렬들 더딘 걸음 줄을 서는

내 어찌 이대로 굴복이야 하겠냐고
삼계탕 오리탕 펄펄 끓는 사골 육수
맨몸에 뜨거운 무장 승부수를 던진다.

꽃 지는 저녁

아름다운 꽃이라고
행복한 건 아니다

벌 나비 오지 않아
청춘이 외로웠던

지는 꽃
지는 저녁에
조문하는 바람들.

골목길

이웃과 소통하는
소박한 정이지만

세계로 누벼나갈
꿈 많은 희망이다

쪼그려
밤을 지키며
늦은 발길 기다린다.

잡초 집성촌

야산 아래 대대손손
살아온 토박이

어느 날 하루아침
난개발이 덮쳐 와서

뿌리째 흔적이 없는
오, 허망한 가문(家門).

10원하고 5원

그거 얼마 주고 샀니?
—10원하고 5원 줬어.

15원 줬다고.
— 아니, 10원하고 5원.

그러니 15원이잖아.
— 아니, 10원하고 5원.

죽어도 10원하고 5원밖에
모르는 놈

이놈이 꿈은 커서
대통령이 되겠다니

모르지
대통령 되어
꼴통대로 할 테지.

죽어보기

오늘 나 큰맘 먹고
칵- 죽어 본다

살아온 지난날은 다 헛된 꿈 덩어리

생사는 허공인 것을
악착같이 다퉜었구나.

비 오고 바람 불고 냇물 절로 흘러가고

나뭇잎에 기어가는 푸른 벌레 한 마리

새에게 물려가기도 하는
햇빛 그냥 부시구나.

일기예보 뒤끝

잠시도 감시의 눈을 떼지 않는 기상청
5월 찬 기운 부대 남하할 거란 예보다
전운(戰運)은 정오를 기해 먹구름이 떠돌고

대기층 불안으로 번개 천둥 경보 속에
중부 지방 소나기 사격 내륙으론 우박 공습
언제나 착한 민심은 당하기만 하는가.

건장한 녹색들이 저항 한번 못 해 보고
그대로 꺼꾸러진 현장을 보노라니
농심의 풀 비린내가 코끝에서 진동한다.

밑반찬 타령

단정한 차림으로 오늘도 서는 무대
들러리의 보조 출연 자리 한껏 빛냈지만
내게로 이름져 오는 몫은 아예 없어라.

없어서 안 될 존재 주연만큼 중하지만
내 이름을 건 공연은 가진 적 아직 없다
부럽다 된장찌개여
속이 부글 끓어라.

아이러니(irony)

지하철 계단에서 쭈그리고 앉은 사람
어디서 만났는지 찌그러진 종이컵
둘이서 부동의 무언극 통한다면 동전박수

자리 정해 즉석에서 연출한 구걸행각
분장 처리 잘못된 손가락의 황금반지
알고나 있는지 몰라 반짝이는 언약을.

홍어

내 누굴 배반한 적도
음모한 적도 없었는데

변절자로 낙인찍혀
추적을 당하다가

끝내는 해명도 없이
숙청됐다
단칼에.

만고 이 억울함을
사후(死後)지만 호소한다

이 몸은 썩지 않고
고독으로 삭을지니

톡 쏘는 네 혀끝의 일침
나의 곧은 절의다.

3부

붉은 시(詩)

감나무의 '감' 자에
느낄 감(感) 자 접목했다

꽃 피어 맺은 풋감
퇴고하듯 낙과 되고

가지에 마지막 남은
아름다운
홍시(紅詩) 한 편.

어명(御命)

그 옛날 어떤 이가
나라 세워 왕이 되려

평생을 벼르다가
운명 직전 내린 말씀

'태자야!
황후께 여쭤라
이제 짐(朕)이 붕(崩)하신다.'

동언서행(東言西行)

동으로 간다하고
서로 가고서는

뜨는 해는 못 보고
지는 해만 보았다고

거기에
서산이 있어
그렇다는 핑계다.

가을 편지

아침 찬 이슬 밟고
소롯길로 오더이다

숨겼던 보조개를
살며시 드러내며

그대의 높은 이마가
서늘히도 뵙다.

눈물 접고 숨어 우는
귀뚜라미 순정 같은

만릿길 가고 있는
저 하늘 둥근 달이

세모시 고운 마음을
풀어 놓고 있습디다.

가을 앞에서

단풍이 아름답다
말하지 말아야지

한생을 마무리며
꺼져 가는 목숨 앞에

경건히
묵도를 하며
붉다고만 해야지.

가을 우리

푸르디푸른 잎도
청춘이 가고 나면

속절없이 노쇠해져
황혼이 오고 만다

늙어도
곱게 늙자고
단풍 들어 붉자고.

해로(偕老)

어찌다 보니 내가
할멈과 사나보우

글쎄 말요 나도 보니
할범이랑 사누만유

호호호
어느 노부부
내 늙은 건 모르고.

비빔밥을 생각함

1
잘나고 못났다고 구별을 짓지 말자
퉁바리 안에 들면 다 같은 운명인 걸
뒤섞여 뭉쳐진 맛은 한 숟갈의 힘이다.

2
흔들리는 전동차 칸 앉고 서고 남녀노소
피부색이 다른 얼굴 현미 백미 흑미 같은
섞여도 섞인 것 같지 않네 뜸이 안 든 탓일까.

3
왔다 가는 삶의 여정 한 그릇의 밥을 위해
우리들은 섞여서 제 갈 길을 향해 가고
어울려 입맛을 돋울 참기름만 같은 내일.

벽지(壁紙)의 노래

어느 하늘 지붕 아래
너는 나를 찾았을까

알몸뚱이 네 몸 위에
나를 펼쳐 누이면서

끈끈한
풀의 정으로
꼭 붙어서 살고 싶다.

꽃잎 무늬 나의 꿈을
펼칠 수만 있다면

그 만약 묵은 인연
후실인들 어떠하리

한 자리
묵묵히 섰는
벽을 빛내 주고 싶다.

한로 만정(寒露晩情)

무서리 촉촉한
가을 들녘 볏단 위에

메뚜기 누런 한 쌍
등에 업혀 고요하다

그 여름
푸른 청춘을
다 보내고 말이다.

들국화

지난 봄
피었던 꽃
그 여름은 볼 수 없고

그 여름
피었던 꽃
고대 지고 없는 가을

그래도 피고 싶어서
서리 맞고
웃는 얼굴.

해바라기

'못 오를 나무는 쳐다보지도 말랬'는데

이 세상천지에서 가슴이 가장 뜨거운

태양의 사나이만을 짝사랑하는 여인.

기억에게

간다는 말도 없이 너는 홀연 갔구나
가까이에 있어도 너는 꼭꼭 숨어서
내 알지 못할 곳에서 유유자적하느냐.

어디서 너를 찾아 옛날 일들 되새기랴
까마득 너를 잃고 잃은 줄도 모르는 채
바보로 천 날을 새운들 너는 돌아오겠느냐.

보낼 맘 없이도 떠나가고 보내 버린
너와의 인연을 어디 가서 다시 만나
총명의 불 밝힐 날이 먼동 트이겠느냐.

참새

금싸라기 햇살 쪼고 배가 부른 참새들이
떼 지어 몰려와서 창 밖이 시끌벅적
따질 일 안 따질 일까지 꺼내 놓고 소란하다.

갈무려 둔 양식 한 톨 그 어디에도 있지 않고
굶주려 배곯아도 슬피 운 적 절대 없이
짹- 하고 죽을지언정 구걸하진 않는다.

한 폭 풍경

탈 사람 내릴 사람
기찻길 먼 먼 길도

떠난 뒤엔 어느 사이
종착이 되고 만다

인생은
차창 너머로
언뜻 스친 한 폭 풍경.

성냥

마지막 생존권을
쟁취하고 말겠다며

분신을 불사해 온
한 무리 단일 집단

그들 중
한 명이 지금
불쏘시개 앞에 섰다.

이것아

천년만년 살고지고
천년만년 살고지고

천년만년 살 것처럼
쏘다니고 나대더니

백 년도 다 못 채우고
가버리는 이것아

죽도록 사랑하며
영원하길 바라더니

살아선 아무래도
못 이룰 꿈인 줄을

목숨을 탈탈 털어서
영원으로 든 것아.

100자 원고지

여기에 단시조 한 편이면 족하련만
한 칸에 한 자 또는 두세 자씩 살고 있다
새로이 분양을 받고 글자들이 입주했다.

아파트 한 동이 네 칸씩 25층
그러니까 계산하면 100자 원고지
더불어 어울려 사는 사람이나 글자나.

낙엽 단상

품을 떠난 이제부턴 스스로 서기 위해
맨바닥을 기는 연습 바람도 낮이 설고
냉혹한 현실 앞에서 방향을 잃고 만다.

흙발이 밟고 지난 그 작은 어깻죽지
아물 틈도 없이 상처는 덧쌓이고
시린 밤 푸른 꿈 조각 서릿발이 돋는다.

갈기갈기 만신창이 뼈만 남은 삭신 하나
함몰의 구렁텅이 단잠이듯 꿈을 삭혀
새봄의 그루터기로 푸른 혼을 달고 싶다.

사랑은 없다

주고 또 주었지만
축난 것 하나 없고

받고 또 받았지만
받아 쥔 것 하나 없네

여태껏
주고받은 게
아무것도 없다니.

4부

석양에

지난날은 너를 만나 보는 일도 있었지만
헤어져 멀리 떠나 간격이 넓다 보니
이제는 가물가물히 네 모습도 저무누나.

언제 다시 만나기로 약속은 없었지만
밤이 오면 별 하나를 너라고 바라보랴
이대로 어둠이 온다고 맘조차 저물 일인가.

힘

연필에 힘줬다고
힘 있는 글 아니듯

운전대 꽉 잡았다고
안전운전 보장 없다

목에 준
힘을 **빼**면서
내 발등이 보인다.

휴지통

식사 후 입을 닦은
화장지가 무슨 죄일까

좋은 일 하고서도
버림을 받는 모순

저 아예
눈물의 항변
젖어 있는 물티슈

이나 저나 이용만 당한
세상의 온갖 휴지

거두어 다 품어 주는
천사 한 분 계시다

자리도
구석진 자리
거룩하신 성자여.

그리운 너

송곳을 쓰고 나서 어디다 두었는지

아무리 찾아도 생각이 안 나면서

잘 두지 않았는데도 잊혀지지 않는 너.

겨울 암자

아침 바다 길 나서서
산골까지 오느라고

피곤이 도는 건지
법당 앞 동자승과

햇살도 쪼그려 앉아
꾸벅꾸벅 졸고 있다.

치매

선 넘은 레코드 판 낡은 건지 늙은 건지
도돌이표 후렴처럼 한 소리 또 한다
한 소리 그 소리밖에는 생각이 안 나는 듯

나이 드신 노인네 치매기가 있어서
방금 한 말 다시 하고 물었던 말 또 묻는다
정신이 혼미한 레코드 판 머문 시간 돌아간다.

알츠하이머(alzheimer)
一姪女 琴善

돈 있다고 뭘 할 거며
없다 한들 또 어떤가
새 짐승 길짐승들 뒤주 없이 사는데
곳간을 채우려는 일 부질없는 욕심일레.

눈비가 주야장천 오거나 말거나
물이 흘러 거꾸로 산으로 간다 해도
그 무슨 걱정을 하리 자연의 뜻인 것을

떠 넣어 주면 먹고 안 주면 못 먹고
웃을 일도 화낼 일도 다 버리니 편안쿠나
말 많은 말도 잊으니 세상 참 홀가분타.

아니, 대감님

내 입바른 소리에는
묵묵부답이시더니

개 짖는 소리에는
그리 벌컥하십니까

개와의 소통이십니까
나도 개가 되란 겁니까.

견공(犬公)

어디를 갈 것인지 알지도 못하면서
목줄 매고 길 나서니 앞장서서 촐랑댄다
그것참
데리고 가기보다
내가 끌려가는 꼴

나리님 나들잇길 따라나선 사모님
앞장서서 아장대며 나만 믿고 따라오소
집에서 새는 바가지
들에서도 새는 격.

별난 인연

종 소리 울려 퍼져
허공으로 떨어진다

먼지처럼 쌓였다가
바람 부는 어느 날에

맨발로 되돌아오다
풍경(風磬)에 걸려 우는.

능내* 가서

계곡을 지나오며 한없이 지껄이던
전설 같은 이야기도 이제는 다 잊은 듯
그렇게 세상일들을 예 와서 잊겠네.

산도 문득 길 멈추고 멀찍이 둘러앉아
명상에 젖는 건지 길게 뉘인 물그림자
내 마음 그 틈에 함께 물끄러미 어울리네.

*능내 : 남한강과 북한강이 합쳐지는 경기도 남양주 다산 생가
  가 있는 곳.

백담사 계곡

크고 작은 돌들이 중생보다 많고 많다
몇천 년 갈고 닦아 스님이고 보살이다
물 소리 목탁 울리며 밤낮없이 염불이다

산은 꼼짝없이 불상처럼 앉았고
왔다 가는 발길 모두 흘러가는 구름일 뿐
그 언제 비가 되어서 이 계곡을 적셔 보나.

가장(家長)

실무 경력 없이 떠안은 직책일까
무한 책임만 있고 수당도 한 푼 없는
당장에 집어 치울라 사직도 낼 수 없는

어쨌거나 한 가정의 기둥으로 섰으니
서까래의 무게도 떠받쳐 줘야 하고
등 하나 밝혀 걸겠다면 못도 박혀 줘야 하고

허술한 지붕 아래 꼿꼿이 외로 서서
맡은 직분 다 하게끔 그나마 힘이 되어
묵묵히 자리 있게 한 주춧돌이 고마울 뿐.

오래 되면

오래 되면 옛것이라 소중한 게 아니라

지니기도 버리기도 어려운 천덕꾸러기

무얼까
호호호 꼬부라진 늙은 육신 아닐까.

진 자나 이긴 자나

싸워서 지고 이긴단들
그게 무슨 대수(大事)랴

진 자나 이긴 자나
내일은 다 같은 걸

코앞의
오늘만 놓고
서로 으르렁대네.

무상(無常)

지나고 보면 삶이란
한 개비 마른 장작

축제의 마지막 밤
모닥불로 타고 나면

하얗게
남은 재 한 줌
적멸로 드는 것.

재와 흙

한 푼 없는 걸식자나
부귀로운 옥체거나

천사백도 불가마선
그나저나 한 줌의 재

흙이야
빗기에 따라
기와 벽돌 자기(瓷器)련만.

늦은 편지

애비야
보내 준 거 잘 바다따 고마따

늦게 배운 한글 공부
삐뚤어진 예서체로

종이에
새긴 문신이 꿈틀댄다
사랑한다 ♡

시조(時調)

3장 6구 가슴 깊이
시대의 향을 품고

3·4조 호흡 맞춰
뚜벅뚜벅 내닫다가

한 번쯤
몸을 비틀어
재주 넘어 보이느냐.

졸작 시조

난임과 난산으로
어렵게 얻은 자식

눈 코 귀 입 파격 없이
정형을 갖췄건만

가슴을
채우지 못해
미숙인가 자폐인가.

5부

벙어리

들을 수도 말할 수도
안다고도 모른다고도

변명은 아예 못 해
솔직함도 못 내세워

버버버
소리뿐이니
복장 터질 일이다.

교묘히 법망 피해
세상 바닥 흐려 놓은

미꾸라지 같은 권력
벙어리도 아니면서

불리한
진술은 죄다
묵비권만 행사한다.

정리를 하며

살아오며 생활에 손때 묻혀 써 온 물건
집 정리를 하면서 쓸모 적고 낡았다고
정 듬뿍 들었던 것을 이제 그만 버리잔다.

아무리 생각해도 아직은 쓸 만한데
이 곳 저 곳 늙어 아픈 사람보다 낫지 않나
버릴 건 나 아니든가 그를 도로 들인다.

너
—신발

자신보다 남을 위해 평생을 바친 헌신
제 한 몸 다 닳아서 버림을 받게 돼도
스스로 물러날 것을 예비케 하던 너

세상의 밑바닥을 굽어 살펴 더듬으며
오체투지 그보다 더 뼈를 깎는 살신성인
둘이서 왼발 오른발 정을 나눠 살던 너

새벽도 아닌 밤중 궂은날도 마다 않고
상전으로 떠받들어 문전에서 쪽잠 자며
어느 날 어느 때인들 길을 나서 주던 너.

쓸데없는 걱정

45억 년 전 태이아*와 우주적 거대 충돌
이 때부터 지구는 자전을 하게 되고
만 년에 0.2초씩 느려지고 있단다

앞으로 75억 년 뒤 자전이 멎게 되어
한겨울 한밤중에 놓여지면 어찌하나
하지만 태양이 먼저 폭발되고 말 거라니

지구 내부 맨틀이 10억 년 뒤에는
식어서 굳어지면 회전을 멈춘단다
그 때엔 계절도 없고 밤낮 변화 없을 텐데

이보다 더 빨리 1억 년 후쯤 어느
이름 모를 행성과 다시 충돌하게 되어
극이며 자전과 공전 뒤바뀌면 어쩌나.

* 태이아 : 지구 절반 정도 되는 거대한 행성. 이것과 지구의 충돌
로 달이 생긴 것으로 봄.

산골 문화

구름들이 몰려와서
꾸미는 무댈 보니

오늘은 오랜만에
비 공연이 있나 보다

문설주
기대어 앉아
빗소리나 들어야겠다.

폭죽이 터지면서
팡파르가 울려오고

드디어 비 공연의
서막이 올랐구나

흙 내음
물씬 풍기는
첫대목이 지나간다.

선(線)

산을 옮겨 다니며 새들은 어둠을 접고
바다엔 파도 기슭 어루는 기척도 큰데
어째서 우리들만은 옹색히 선을 둬야나

한 하늘 비우고 긷는 둥근 해를 안고서도
나누어 모난 발길을 심어야 하던 겨레
이쯤을 닳고나 보면 거둘 듯도 하건만

이마에 손 얹고 또 발돋움까지라도
그저 아득케만 멀어 뵈는 노을 끝으로
한 줄기 간곡한 원(願)이 빛불처럼 번거니.

통일전망대에서

턱을 괴고 마주 보며 무슨 생각하는 걸까

나는, 네가 내가 되길
너는, 내가 네가 되길

그 생각 뭉치지 못해 언제까지 이럴 건가

원수 아닌 원수 되어 보낸 날이 75년
침탈당한 상처보다 후유증이 이리 길다
서로가 빗장을 풀면
우리 되고
하나 될

훌훌 털고 손잡으면 서로가 좋을 것을
남이 그은 선 하나를 바보처럼 지키다니
내 먼저
어리석었다고
허허 웃고 일어서자.

하산(下山) 길

높으면 높은 대로
낮으면 낮은 대로

골짝도 깊고 얕게
물길 열어 가게 두고

한 마리 길짐승마냥
세상 앞에 섰는 산

이 산을 오르려고
청춘을 다 바쳤네

이마의 땀을 닦고
온 길 잠시 바라보다

하산 길
시간에 드니
저 가풀진 저녁 해.

이런 절필(絶筆)

나보다는 오래오래 살아야 할 시(詩)가

어데가 쏘다니다 비명횡사 당했는지

돌아올 기미도 없고
종적을 알 수 없네.

고집의 소재(所在)

… 세 번 네 번 권해 와도 싫다고 했더니만
나더러 고집이 보통이 아니라네

싫은 게 고집이라면
권한 고집 먼저지.

멋모르고

멋모르고 왔다가
돌아갈 일 생각하니

어디로 가야는지
갈 길도 모르겠네

어쩌노
멋모르고 왔듯이
멋모르고 갈밖에.

벽시계 소첩(小帖)

망각의 두레박질 길어 온 푸른 연륜
한 둘레 사려내도 차지 않는 소망이듯
긴 세월 아득한 인고 감아 빚는 저 맥박

피맺힌 열두 사연 주야로 앓는 가슴
섬섬(纖纖)이 다진 심사(心思) 겁(劫)을 질러 추슬러도
한 가닥 영원한 맹서 쉼 없는 저 뇌임

돌이켜 보지 못할 미련에 길던 청상(淸爽)
천지가 은하처럼 부서지는 그날까지
세월에 몸을 바치고 길러 내는 시간들.

화급(火急)

오지 여름 초동(樵童)이 꼴을 베어 오는데요

　해는 져서 땅거미 들고 하늘은 먹장구름 번개 천둥
치는데요, 땀범벅 등에 진 꼴짐은 한쪽으로 기울어서
지게 목발 불끈 쥐어 중심 잡고 가는데요, 아랫배가 사
르르 뒤는 급해 오는데요

　목매기 놓친 고삐는 달아나고 있는데요.

명태

어릴 적 불려지던 내 이름은 노가리

물 속이나 물 밖이나 사는 게 그 뭔지, 먹을 것에 눈 멀어 입 잘못 놀려 끌려가고, 멀쩡한 눈 앞 못 보다 그물에 걸려 나와

뭍이란 바깥세상이 나에게는 저승 지옥

함경도 명천 사는 태 서방을 만나면서 밝을 명(明)자 클 태(太)자 명태가 본명인데

갓 잡혀 나왔을 땐 생태라고 하더니, 생목숨 급랭으로 얼려 놓곤 동태라니, 한겨울에 꽁꽁 얼었을 땐 희다고 백태이고, 얼녹여 말려서는 누렇다고 황태란다. 날씨가 따뜻해서 살가죽이 검어지면 3년 목욕 안 한 거지 먹태인지 흑태인지, 바람 앞에 흐물흐물 넋 나간 듯 무른 육질 가마솥도 모르는데 찌지 않은 찐태란다. 바닷바람 쐬어가며 눅눅할 땐 코다리, 거기서 더 지나면 쫄깃쫄깃 북어이고, 스무 마리 한 쾌 되어 머리 꿰면 관태이며, 너무 말라 딱딱하면 말라깽이 깡태라니, 무슨 잘못 저질러서 효수당한 죄인처럼 말리면서 머리가 떨어

지면 무두태, 강원도 앞바다에서 잡힌 건 강태이고, 가물에 콩 나듯 잘 안 잡혀 비싸지면 금태란다. 입방정 코방정 낚시 걸려 조태이고, 꼼짝없이 갇힌 몸 그물 뜨면 망태이며, 봄에는 춘태 가을에는 추태라니, 우습기 짝이 없다 이름 많아 뭘 할꼬

　이내 몸 버릴 것 없네 창란 명란 아가미젓.

구사일생

거기가 어디인지 길을 가고 있는데

가파르고 가파른 급경사의 길을 만나 발 디딜 돌부
리도 없이 그냥 주르륵 흘러내리고 나니, 그 다음은 깎
아지른 단애의 낭떠러지 길, 올라갈 수도 내려설 수도
그야말로 진퇴양난의 곤경에서

아찔한 고민을 하다가
꿈을 깨어 살았네.

상주 운(尙州韻)
─삼백(三白)의 고장

뽕잎 갉던 누에에겐 반도(半島)도 섶일런가.

설레설레 머리 젖다 실을 뽑아 붙인 것이, 동(東)으로는
의성, 남(南)으로는 선산·금릉, 서(西)로는 보은·옥천,
북(北)으로는 문경·괴산, 목 빼어 고개를 들면 저만치
엔 추풍령

아늑한 내륙의 터전 신라 적의 사벌국(沙伐國).

낙동강 길을 열 때 자리 내어 눕게 하고
그 곁에 평야 얻어 지어 내는 살진 미곡
무서리 내릴 그 녘엔 주렁주렁 감타래

문장대서 건네보나 경천대서 바라보나
투박한 말씨하며 후덕한 인심으로
인정도 다사로웁게 진달래로 피는 고장.

(1985. 8. 10. 중앙일보)

노틀 담(談)

〈할비〉
애구, 늙어삣께
신(腎)맛도 떨어지고

시효 지난 소시지
어찌 먹을라요

피낭(皮囊)의 메추리알도
다 곯았지 싶당께.

〈할미〉
한번 오소오소했더만
숲 속의 가든도 이젠

골짝물 말라노니
솔숲도 망해뿌고

다 낡아 찌그러징께
오신대도 그렇소 잉.

짐승만도 못한 놈

두 남녀 외지에서 하룻밤을 묵게 됐네
여사(旅舍)를 찾아드니 겨우 하나 남은 방
그나마 어쩔 수 없어 유(留)하기로 했는데

여자가 손수건을 방 가운데 펼쳐 놓고
이 선을 넘어오면 짐승이라 일렀기에
남자는 모든 걸 잊고 잠을 청해 쿨쿨 잤지

날이 밝아 눈을 뜨니 코가 석 자 나온 여자
순진한 남자가 왜 그러느냐 물었더니
에이그, 몰라서 물어
짐승만도 못한 놈.

* 뽀빠이 만담 차용.

119

시문(詩門)을 연 지 그 얼마인가! 허송세월이 오브랩 된다.

도공이 정성스레 자기(瓷器)를 빚어 구워 내면서 조금 이라도 잘못된 것은 과감히 깨뜨려 버리는 장인 정신 을 본다. 나는 그렇지를 못해서 그 깨어진 조각보다도 못한 것들을 염치 불문 책으로 묶었다. 참으로 부질없 는 짓인 줄 알면서 이즈음 출판공해에 덧보태는 일을 저지른 셈이다.

희망이 바닥난 터라 새봄에는 『오시는 봄』과 더불어 희망 넘치는 여일이 되었으면 좋겠다. 이 책을 접하시 는 모든 분들도 축복의 봄이시기를….

2023년 1월
서울 面牧洞 寓居 書牧室에서
李 起 羅